isoo's thoughts

KB200223

글 · 그림 전이수

Isoo's thoughts

발 행 2024. 09. 25
지은이 전이수
펴낸이 최영민
편 집 전이수
디자인 전이수
인 쇄 미래피앤피
펴낸곳 헤르몬하우스
인스타 @jeon2soo
           @gallery_walkingwolves

ISBN 979-11-94085-10-2 (02810)

언어에도 온도가 있다면

내 글을 읽는 사람들의 마음이

조금이라도 따뜻해졌으면 좋겠다.

If language has a temperature.

I hope my words bring a little

warmth to the hearts of my readers.

이
수
생
각

제가 어떤 사람인지는 명확히
말하기는 좀 그렇지만,
좋은 사람으로 커가려고 노력하고 있어요.

While it's hard to say exactly what kind of person I am, I'm trying to become a better person.

꽃이 나에게 말을 건다.
"아침 먹었니?"
"아니 물만 먹었어 너처럼!"

The flower asks me, "Did you have breakfast?"

"No, I only had some water, just like you."

아기 때는
혼자 일어선 것도
"와 잘했어!"라고 하지만

나이가 들게 되면
"엄마! 나 앞구르기 할 수 있어!"라고 말하면,
"그 정도는 할 수 있어야지~"라고 한다.

12

When I was a baby, standing up all by myself was enough to make people say, "Wow, good job!" But now that I'm a little older, when I tell Mom I can do a somersault, she just says,

"I should certainly hope so!"

다른 사람의 기분 존중해주는 것부터
시작 하는 것이 매너라고 생각해.

I think that having good manners begins with respecting other people's feelings.

상냥하고 따뜻한 말에는 꽃이 핀다
고맙다. 예쁘다. 사랑스럽다. 널 믿는다.
참 잘했다.
살아가면서 힘이되고 도움이되는 말은
생각보다 소박하다.

Kind and thoughtful words can make flowers bloom. "Thanks", "You're pretty", "That's lovely", "I trust you", "Great job". The words that help and encourage us in our lives are surprisingly simple.

옆에 누군가가 아플 때 그 아픔을 나도
느낄 수 있다면,
우리는 하나가 되는 것이다.

When I shoulder some of the burden of the person beside me, we become one.

아름답게 살기위해서 아름다움을
찾아보는것이 좋겠다.

아마도 그건 찾는 사람에게 더 잘보일것 같아.
그것을 보고 배우고 또 나는 조금은 아름다워 질것이다.

오늘 내가 배운 아름다움은
지나가던 아저씨가 먼저 나에게 인사를 해준 것이다.

I think we should seek out beauty so that we can live beautiful lives. Those who find beauty in everything probably become more beautiful. If we find that beauty and learn from it, we'll become a little more beautiful, too. The beauty I found and learned from today was a man waving to me as he walked by.

니가 뭘 그렇게 고민하는지 힘들어 하는지
나중에는 그것이 별 것도 아닌 무엇이었다는 걸
그때는 깨닫게 될거야.

Someday, you'll come to realize that the things you're worried and stressed out about now really weren't such a big deal after all.

좋은 일은 어제 같은데
슬픈 일은 오늘 같다.
  슬프고 나쁜 일은 지나간 일 임에도
  생각 날 때마다 지금의 일처럼 다시 슬프고
기분 나빠지잖아.
근데,
  좋은 일은 지금 일어난 일 임에도 불구하고
    그 행복을 만끽하지 못하고
    어제의 일처럼 보내버린단 말이지.
    난 오늘의 행복을 놓치지 않고 마음껏 느낄꺼야.
그리고 지나간 슬픔은 살며시 놓아줄래
  생각하면 그슬픔이 지금이 되거든.

Good things feel like they happened yesterday, while bad things feel like they happened today. Even after something that saddens and upsets us is over, thinking about it saddens and upsets us all over again. But when something good happens, we let it slip into the past without making the most of our happiness. I'm going to hold onto today's happiness and enjoy it to my heart's content, and I'm going to let go of my past sadness because thinking about sad things makes them part of the present.

언어에도 온도가 있다면
내 글을 읽는 사람들의 마음이
조금이라도 따뜻해 졌으면 좋겠다.

If language has a temperature, I hope my words

bring a little warmth to the hearts of my readers.

여기 자세히 보면
벌레들이 어렵게 길을 찾아 가는 것 같아.
'어디가나~' 하고 한참을 기다리며 쳐다보니
바로 옆집을 가는거야.
사람도 그럴까?
쉬운 길도 있고 어려운 길도 있지만,
어려운 길을 선택하면 장벽이 있잖아.
장벽을 만났을 때는 용기가 필요할 것 같아.
그리고 그 용기가 있는 사람은 자유로울 것 같아.

Peering at insects, I see that many seem to struggle to find their path. They pause for a while and look around before crawling on. Maybe people are the same. There are easy paths and difficult paths, and those who choose difficult paths run into obstacles. When we run into obstacles, what we need is courage. I think that courage makes us free.

아버지가 자녀들을 위해
해줄 수 있는 가장 중요한 일은
그 아이를 낳아준 "어머니"를 사랑하는 것이다.

The most important thing a father can do for his children is to love the mother who gave birth to them.

마음이 제일 처음 만들어졌을 때부터
사랑은 그안에 있었다고 생각한다.

I think love has been in our hearts from the moment of their making.

사람은 왜 싸울까?
꽃은 싸우지않고 잘산다.
 꽃들을 보고 배워 보자.
꽃들은 다 자기 색깔이 있고, 다 다른데,
 싸우지 않는다.
 꽃들은 다른 꽃이 다른걸 인정한다.
하지만, 사람은 인정하지않고 싸운다.

Why do people fight? Flowers do just fine without fighting. Let's learn from them. Flowers all have their own different colors, but they don't fight. They accept that other flowers are different. But people don't accept each other's differences and end up fighting over them.

숲에 들어가자 마자
시원한 얼음물을 마시는 것 같았다.
또 꽃과 나무를 매만질 때
아기 머리를 쓰다듬는 것 같았다.
왜냐하면 아기들은 꼭 아껴야할 것 같거든...

The moment I entered the forest, it felt like a cool drink from a glass of ice water. When I touched the flowers and the trees, it felt like stroking a baby's hair. This is because I feel like babies are supposed to be cherished…

얌을 처음 만졌을 때 손끝에서 부터
타고올라오는 자장가가 나를 유혹 했다.
얼릉 자라고 !

The first time I touched a sheep, a lullaby shot up from my fingertips, lulling me to sleep!

우리는 모두 다르지만,
 많은 같은 것들을 가지고 있다.
그 중에 하나가 사랑이다.

We're all different, but many things about us are the same. And one of those things is love.

가장 용기 있는 사람은
생각한 대로 할 수 있는 사람이다.

The bravest people are those who can put their thoughts into action.

삶이란 혼자 힘으로
기쁘게 내일을
여는 거라고 생각해.

I think that life means using our own strength to make a joyful tomorrow.

바람은 가끔 나에게 무언가를 알려주고
싶어한다.
　　조금 무겁게 차있던 나의 마음을 아는지
내게 부딪혀 내가 견딜수 있을 만큼만
　남겨놓고　아주 부드럽고 조심스럽게 떨어간다.
난 안다.　무얼 말하려고 하는지...
무얼 가르쳐 주려고 하는지...
　그건 틀림없이 공감일 것이다.
　내가 힘들고 아파 보니까 다른 사람들의
　아픔이 보이는것처럼...
지금　무거운 내마음을 잘 들여다 보라고
　바람은 말하고 있다.
　　그리고 날 쓰다듬어준다.

Sometimes the wind wants to tell me something. It brushes against me, seemingly aware that my heart is heavy, and takes away part of that burden with the utmost gentleness and care, only leaving as much as I can bear. I know what the wind is trying to tell me... what it's trying to teach me... It's sympathy, the way that our own pain and hardships let us see that of other people... The wind comforts me, telling me to look closely at what is weighing me down.

말을 잘 한다는 것은
내 감정을 잘 조절하는 것에서부터
시작하는 것이라고 생각한다.

I think that being good at speaking begins with being good at controlling our emotions.

우리는 매순간 허공에 달린 줄을
타고 있는것 같다.
조금이라도 몸이 한쪽으로 쏠리면
반대편으로 중심을 잡아주어야만 한다.
이 발란스를 맞추기위해
아슬아슬한 삶에 올라 탔다.
하지만 내가 여기에 익숙해지고 단련이
되면 이를 즐길수 있게 된다.
그때엔 이미 난 그줄을 보지 않는다.

Every moment feels like walking on a tightrope. When my body leans in one direction, I have to shift my weight in the opposite direction. Maintaining balance is the goal as I keep my precarious perch atop life. But as I become more accustomed to and more practiced in balancing, I start to enjoy it. I don't have to look at the tightrope anymore.

우리 같은 길을 걸어간다.
같은 곳으로 가는 것이 아니라,
같은 마음으로 가는 것이다.

We all walk down the same path.

We're not bound for the same place,

but we're driven by the same emotions.

차마 글로 전하지 못하는
마음을 그림으로 전해볼게.

When I have feelings I don't dare put into words,

I'll try to communicate them through a picture.

혀는 작고 부드럽지만,
칼에 비어 죽는 사람보다
혀에 비어 죽는 사람이 더 많다.

The tongue may be tiny and soft,

but it kills more people than the sword.

작은 방 한칸에서 5식구가 살고있다.
모든걸 그안에서 하고있다.
밥도하고, 씻기도하고, 놀기도하고, 잠도 자고,
비 좁을것같은데.. 그러나 아무도 불만이 없다.

아주아주 큰집에 세 사람이 살고있다.
하지만 매일 싸우다 한사람이
닥뒤쳐 나왔다.
그리고. 남은 두사람도 같이 살지 못하고
결국 헤어졌다.

집은 좁아도 같이 살수있지만,
마음이 좁으면 같이 살지 못하는것 같다.

A family of five live in a single room. They do everything there: eat meals, take showers, hang out, and sleep. You'd think that room would be cramped… but none of them are unhappy. Three different people live in a huge house, but they get in fights every day. One of them always eventually storms out. The other two can't stand each other and end up going their separate ways, too. I guess that people can get along in a small house as long as they're not small-minded.

살아가는 속에서 우리는 천천히 사랑을
배워가며 그 사랑에 이르게 된다.
'사랑' 이야 말로 우리가 이 세상에 온
이유이라고 생각한다.

In our lives, we slowly learn about love and get closer to it. I think love is the reason we're here on Earth.

시간이 약이라면,
이 세상에 해결하지 못하는 고난은 없을거라
생각해.

If time heals all wounds, I guess there's no suffering on Earth that can't be remedied.

모든 사람들은 각자의 섬이 있는 것 같다.
각자가 표류하는 강에서
나오려고 해도 문을 찾지 못한다.
   사실 문은 계속 그곳에 있다.
나가지 못하는건 나 자신이다.

I think that we each have our own island. We try to pull ourselves out of the river we're drifting in, but we just can't find the ladder. However, the ladder has always been there. We're just not able to scale it.

말을 많이 하다 보면 꼭 후회를 한다.
그래서 말은 조금하고 다른 사람의
말을 더 듣기로 했다.
　　　그랬더니 내가 약간 크는것 같다.
그건 나에게 약간의 지혜가 생기고 있다는 뜻일까.

I regret it every time I run my mouth.

So, I decided to talk less and listen more to other people. Since then, I feel like I've been growing a little. Maybe this means I'm gaining a little wisdom.

나 혼자 행복해지는 길보다는
다른 사람과 함께하는 길을 걷고 싶다.
이 세상 많은 것들이 발란스를
이루며 살아가는 것처럼.
그 섬세한 균형을 자세히 들여다 보면,
서로가 서로에게 영향을 주며
살아가고 있다는 것을 알게 된다.
그래서 아주 사소한 것이라도
의미가 없는것은 없다.

I'd rather find a way to be with other people than to be happy by myself. All creatures on this planet must achieve balance in their lives. Looking carefully at these kinds of subtle balance, we can learn that we all affect each other's lives. So nothing, not even the most insignificant thing, is really without significance.

우리 보이지도 않는 악마를
만들어 내기도 하는 것 같다.
행복하지만 이 행복을 잃을까봐
힘들어 하다가
밖에서 기다리는 악마를 생각한다.
지금 존재하는 행복에 더 관심을 보이는게 낫지않을까.

It seems that we sometimes come up with invisible demons. Despite being happy, we agonize over losing happiness and worry about the demons waiting for us just beyond it. Wouldn't it be better to pay attention to the happiness we have right now?

너무 힘들어서 절망에 빠져들때
옆에 있어주는 누군가가 있다면,
콘 힘이 될것 같다.
'나라도 그럴 것 같아.'
하고 공감해준다면
그 슬픔을 딛고 일어설 것이다.
난 그렇게 생각 한다.

It's helpful to have someone beside us when we're having a hard time and lose hope. It's easier to get over the sad times when there is someone to commiserate with us and say,

"I would have done the same as you."

That's what I think.

누군가가 간절히 바라는
소원을 나는 아무렇지 않게 가지고 있다.
원래 있던 것에 대한 감사함을 늘 잊는 것은
그걸 잃어 본적이 없어서이다.
그래서 나는 잃어 버리지 않기 위해 늘 깨어 있고 싶다.
감사 하고 싶다.

We take for granted possessions that other people desperately wish to have. The reason we forget to be grateful for what we've always had is because we've never lost those things. So I want to always be awake to ensure I don't lose them. I want to be grateful for them.

세상 저 너머에는
먹을 것이 없어서 굶어 죽는 사람들이 많다.
부족한 것이 문제가 아니라,
고르지 않아서 그런 것 같다.

우리는 지금 바로
고난심을 가지고
나누어야 한다.

Many people in the world are starving to death because they don't have anything to eat. This is not because there isn't enough to eat, but because it isn't spread around evenly. We need to take this seriously and start sharing right now.

어른들은 종종 우리에게 말한다.
싸우지 마라.
사과해라.
욕심 내지마라.
조용히 해라.
하지만 내가 봤을때.
어른들이 더 무섭게 싸운다.
사과와 화해보다 절교를 선택하고,
욕심때문에 다른사람을 더 아프게도 하며
시끄럽다고 입 다물라고
아이들에게 말하면서
식당이나 카페를 가보면 어른들의 목소리가
더 크다. 그래서 누군가가 조용히
해 주면 좋겠다고 하면, 그때부터 다시
싸움이 시작된다.
우리는 누구의 말을 들어야 할까?
우리는 누구를 보고 배워야 할까?

Sometimes grown-ups tell us to stop fighting. They tell us to say sorry, to not be greedy, to quiet down. But from what I can tell, grownups' fights are even scarier.

Rather than saying sorry and making up, they choose to cut each other off, and their greed hurts other people even more. Those who tell noisy children to hush are even louder when they go to a restaurant or café. And when someone comes over and asks them to be quiet, they start fighting all over again.

Who are we supposed to obey?

Who are we supposed to learn from?

욕심을 부리면 그 욕심 때문에
자신 옆에 있던 것도 심지어 사라진다고 나는 생각한다.
베풀더라도
마음으로 하지 않는다면,
그것 또한 욕심이 될 것이다.

I think that when people are greedy, their greed makes even the things they have disappear. Faking generosity to others can be a kind of greed, too.

어릴 적, 그렇게 크게 보이던 엄마가
조구맣게 웅크리고 있는 모습이 보인다.
어느새 훌쩍 자라버린 나에게
  엄마는 조구만 아기가 된것 같다.

My mother looked so big when I was younger, but when she hunches over now, she looks small. I've grown so big that my mother seems to have become a little child.

지나간 시간들이 얼만큼 지났느냐 보다
주어진 시간동안 얼마나 행복하게
살았느냐를 생각하는게
좋을 것 같다.

Rather than thinking about how much time has gone by, perhaps we should think about how happy we've been in the time given to us.

사람들은,
내가 진짜 하고 싶은 일을
하지 못해서
죽는 걸 두려워하는 건 아닐까?

People seem to be afraid of dying without getting to do what they really want to do.

오늘 나에게 말한다.
사람들은 그럴 만한 이유가 있어.
그게 답답하다고 말하지만
기다려 주어야 해.
너도 그랬잖아!

This is what I tell myself today: "People always have a reason for what they do. You may feel frustrated, but you have to give them time. You used to be the same as them!"

사람의 마음은 비록 한 조각의 작은
마음이라도 카멜레온 처럼
수많은 색깔로 바꾸고,
때로는 남이 알아보지 못하도록 보호 색으로
덮는다.
그러나 자세히 들여다 보고,
숨은 그림 찾기 처럼
열심히 찾는다면
그 마음의 실체를 확실히 볼 수 있다.

When it comes to the human heart, even a small scrap of emotion can change colors and camouflage itself like a chameleon to keep others from recognizing it. But if you look closely and search diligently for it, you can find the secret truth of that emotion.

밝고 따뜻한 말은
그 어떤 어둡고 화난 말보다
강하다.

Words of joy and kindness are stronger than any words of gloom and anger.

진정 강한 사람은 나보다
약한 사람에게는 더 낮고 겸손한 자세로
대하며,
나보다 강한 사람에게는
약한사람을 위해서 굴복하지 않는
사람인 것 같다.

I think that having true strength means being gentle and humble with those who are weaker than oneself and standing up for the weak against those who are stronger than oneself.

중요한 우리의 삶의 소리는
아주 나지막한 곳에서 들려온다.

The important voices in our lives are heard in the humblest of places.

가끔 누군가가 행복하지 않다고
말할 때면, 그건 행복하지 않다고
먼저 생각하기 때문에 그런 것 같다.

It sometimes seems to me that people who say they're unhappy are only unhappy because they think they are.

안 되는 일은 잠시 내버려두고,
되는 일은 된다고 행복해 하는 거다.
행복은 이렇게 내 생각을 조금만
바꿔도 커지는 것 같다.

Happiness comes when we shift our focus from what's not going well to what is going well. This kind of small adjustment to our thinking seems to make us happier.

마음은 아주 조심히 다루어야 한다.
다치면 오래가기 때문이다.
아직 슬퍼하는 것은 마음에서 아직
  내려놓지 못했기 때문이다.
그렇기 때문에 즐거움도
  그 거리 만큼 멀어져 가는 것 같다.

We need to be careful with people's feelings because hurt feelings last a long time. When people remain sad about something over time, it's because they haven't let go of those feelings. It also means that joy is still a long way off.

끝없는 괴로움이 덥친다해도
그것이 성장의 한 걸음임을 이제 안다.

I've learned that being overwhelmed by seemingly endless suffering is still just a stage of growth.

자신의 눈으로만 보는 사람은
고집이 세다.
그런 사람은 자기 생각이 다 맞다고 생각한다.
그래서 남의 말을 잘 듣지 않는다.
그것은 곧 성장할 수 없다는 말이다.

Those who can only see things from their own point of view are stubborn. They think that all their ideas are correct, which makes them bad at listening to others. In other words, they aren't able to grow.

특별한 사람만 사랑한다고 하는 것이 아니라,
서로 사랑하고,
또 사랑한다고 말해주는 것이
정말 중요한 일이야.
사랑할수록 소유하려는 마음을 버려야 해.

Love isn't just something we feel for special people. It's very important to love each other and say it out loud. The more we love others, the more we must resist our desire to possess them.

누군가를 사랑한다면,
놓아줄 줄도 알아야 한다.

If we love someone,

we have to know how to let them go.

한 사람, 한 사람 따뜻한 마음이
전해져서 따뜻한 사람이 또하나
생겨 나면,
이세상은 틀림없이 따뜻한 사람들로
가득해질 것이다.

If everyone shared their warmth with just one other person, the world would surely soon be full of warm-hearted people.

내가 다른 사람의 힘듦을 눈치채고
그 힘듦을 조금이라도 함께 지려고 할 때,
너도 나도 기쁨을 안을 수 있을 것이다.

When I learn that someone is having a hard time and I try to bear even a little of their burden, it brings joy to both of us.

가만히 보면 너무 재밌고 너무 즐거운 건
조심할 필요가 있는 것 같다.
정신을 혼란하게 하는 것처럼
너무 재밌는 건 분명
함정이 있을 것 같은 기분이 든다.
좋기 때문에 행복하다고
착각하기도 한다.

I think we need to be careful about having too much fun and pleasure. I feel like pleasure to the point of distraction must be some kind of trap. It's easy to confuse feeling good with being happy.

진정으로 내 삶을 행복하게 하기 위해서
겪는 아픔도 행복일 수 있고,
견디는 극복도 행복일 수 있다.
정말 중요한 것은
당장의 쾌락보다
균형 잡힌 삶에서 오는 행복이다.

When it comes to achieving true happiness in our lives, the things we suffer, endure, and overcome can all be their own kinds of happiness. What is truly important is the happiness that comes not from momentary pleasure but from a balanced life.

크리스마스는
365일 중 가장 뜨거운 날일 것이다.

Christmas must be the warmest day of the year.

이 지구 상에 존재하는
아주 아주 작은 것 부터
아주아주 큰 것에 이르기까지 아우르는,
굉장히 섬세한 균형을 우리는 눈치채지
못하고 있다.
내가 생각하는 모든 것들은
서로에게 영향을 주고 받으면서
살짝살짝이 오고가며
그자리를 유지하는 것 같다.

We can't perceive the extremely subtle balance in which everything, from the tiniest things to the biggest things here on Earth, is suspended. Everything imaginable seems to affect every other thing, all oscillating in place.

무엇보다 소중한 재산은 시간이 아닐까
생각했다.
그러나 어른들은 돈을 도둑맞았을때는
어마 어마하게 화를 내지만,
시간을 도둑 맞으면 대수롭지 않게 반응 한다
참 이상하다.

I think that time is our most precious possession. But strangely, grown-ups get really upset when they're robbed of their money, but are unperturbed when they're robbed of their time.

누군가가 떠나갈 때
왜 영원히 함께할 수 없을까 섭섭했다
하지만, 지금은 이렇게 생각한다.
잠깐이라도 함께 할수있었음에
기뻐 하자고.
떠난다는 것이 꼭 슬퍼할 것이 아니라,
우리는 어디서든 한 공간에 있고
서로가 잘 지낸다면
그걸로 된거라고 생각한다.

When a friend moved away, I was upset that we couldn't stay together. But now I think I should be glad that we had a chance to be together, even if only for a little while. I think that saying goodbye doesn't have to be a sad thing. As long as we're both doing well, wherever we are, I'm OK.

어느 한 쪽으로 치우치지 않는 것이
균형 이라면
그 중심이 되는 기준을 바르게
세우는 것이 중요하다고 생각한다.
잘못 세워진 기준은 잘못된
균형을 만들어낼 수 있다.

If balance means not leaning toward either side, I think it's important that we choose the right point upon which to balance. The wrong point can lead to being off-balance.

있는 그대로의 내가 되자.
각각의 사람들은 다 다르다.
별나다는 것은 훌륭한 것이다.

I'm going to try to be myself.

Everybody is different.

It's great to be weird.

나를 힘들게 하는 사람들 간의
관계를 너무 슬프게 생각하지 말자.
지나고 보면 그저
바람과 같을 것이다.

Let's not be too sad about relationships with people who give us a hard time. In the end, those relationships will pass us by like a gust of wind.

사람의 언어가 동물보다 월등하다.
는 말은 교만한 말이라고 생각한다.
이 언어가 발달해서 지금 지구를
아프게하고 있다.

동물들이 사람보다 더 지혜로워서
처음 부터 자연과 더 가까이 있는건
아닌가 생각해 보았다.

사람이 동물보다 지혜로우면 최소한
자기가 사는 이땅 지구를
더 안좋은 세상으로 만들지는 않을 것이다.

I think it's arrogant to say that human languages are superior to that of animals. Our linguistic advancement is the reason we're hurting the planet right now. Maybe animals are closer to nature because they're wiser than we are. If we were wiser than animals, we at least wouldn't be wrecking our home here on Earth.

나도 또 하나의 별이라고 생각했을 때,
우리 모두가 순행하는 이 우주는
얼마나 아름다운가 생각해 본다.
각자의 별을 더 빛나게 해주는 이 세계를
우리의 빛으로 다시 보여주는 것이다.

Imagining myself as a star helps me envision the beauty of the universe we're traveling through. The world makes every star shine even brighter, and our starlight makes the world visible once more.

한 그루의 나무처럼,
한 송이의 꽃처럼,
나도 그저
따스한 햇살과, 맑은 빗방울,
깨끗한 공기로
스스로 자라고 열매 맺어지면
좋겠다,

있는 그대로 그냥 두었을 때
가장 예쁘게 성장할 수 있다.

Like a single tree or a single flower, I too wish to grow on my own, nurtured by warm sunlight, clear rain, and fresh air, eventually bearing fruit. When left as I am, I can grow most beautifully.

나는 어떤 물건이 눈에 들어오면
나에게 세가지 질문을 한다.

'이게 나에게 꼭 필요한가?'
'언제까지 이 물건이 내 곁에 있을까?'
'이 물건이 처음부터 없었다면?'

When something catches my eye, I ask myself three questions.

'Do I really need this?'

'How long will it be with me?'

'What if it had never existed?'

가장 평범한 능력이
가장 위대한 능력이다.

The most ordinary ability is the greatest one.

내가 좋아하는 할머니 한 분이 돌아가셨다.
죽음 이라는 것을 다시 생각해 보았다.
볼 수는 없지만 그래서 슬프지만,
그게 끝이라고 생각하지 않는다.
내 마음 속에는 계속 살아 있으니까.

죽었다고 해서 우리의 관계가 죽은 것은
아니다.

When an old woman dear to me died, I thought about death for the first time. It's sad that I can't see her anymore, but I don't think this is the end. She lives on in my heart. Her death doesn't mean the death of our relationship.

어른들은 우리보다 사랑에 더
굶주려 있는 것 같다.
서로에게 사랑받기위해
물건을 껴안겨 주면서 안아주기를
기대한다.
  물건으로 사랑과 다정함과 우정과 용서를
대신하려 한다.
  솔직하게 마음을 나눌 때,
진심으로 인사할 때,
두사람은 우정을 가꿀 수 있게 된다.
  진짜 우리가 된다.

Grown-ups seem more starved for love than children are. They long to be held and they give each other things so they can be loved. They see those things as stand-ins for love, kindness, friendship, and forgiveness. But it's when two people share their hearts and greet each other with sincerity that they build a friendship. That's when two truly become one.

나는 다른 사람의 나이가 궁금하지 않다.
나는 단지 무엇으로 부터 자신을 지켜가고
있는지가 궁금하다.
나는 단지, 가슴이 원하는 대로
    어떤 꿈을 꾸고 있는지가 궁금하다.

I'm not interested in the age of other people.

I'm just curious about what they're protecting

themselves from. I'm only curious about what

dreams their heart desires to pursue.

어떤 것이 예쁘지 않더라도
그 안에서 아름다움을 찾을 수 있는
눈을 가지고 싶다.

I want to have the kind of eyes that can find beauty in unpretty things.

뼛 속까지 멍이든 아픔을 낫게할 수 있는건
그 어떤 약보다 마음으로 접근하는
방법이 가장 효과적이다.

The most effective way to heal pain that feels like it's bruised deep into your bones is to approach it with the heart, rather than any medicine.

어른들은 위아래를 나누는 것을
좋아한다.
더 잘나보이고,
더 많이 가진 것을 내보이고,
더 많이 안다고 뽐내고 싶어 한다.
그러나 병원에 가면
똑같이 환자 옷을 입고, 잘난사람, 못난사람,
구분없이 간호사 이모의 손길로
하루를 살아간다.

Grown-ups like to sort people based on their status. They want to show off their successes and flaunt their possessions and their knowledge. But when people are in the hospital, both the winners and losers of the world must wear the same gowns and rely on the caring hands of the nurses.

어른들은 술을 마시면서 괴로워서 마신다고 한다.
그리고 술을 마셔서 괴롭다고 한다.
난 아직 어려서 이것을 이해하려면
긴 시간이 필요할 것 같다.

Grown-ups who drink alcohol say they drink because they're in pain. But they also say that drinking causes them pain. Making sense of that is going to take a long time for a kid like me.

사람들은 화려한 사람을 좋아하는 것 같다.
그 화려함이 빛을 잃으면,
좋아하던 그 사람의 가치도 빛을 잃는걸까?
난 궁금하다. 진짜 사람들이 좋아하는 그 화려함은
무엇을 말하는 걸까?

People seem to like those who are glamorous. But when their glamor fades, does their value as humans fade along with it? I'm curious about what we can actually learn from the glamor that people say they like.

아무리 사소하다고 생각되는 것도
크게 볼 수 있다면 커질 수 있다.
우리에게는 특별한 것이 필요한 것이 애라
특별하게 보는 눈이 필요하다.

Even something that seems trivial can become a big deal if you're capable of seeing the big picture. What we need isn't a special thing, but a special way of seeing.

'사랑해' 라는 말을 꺼낼 때는
대체로 그 사람으로 인해 내 기분이 좋을 때이다.
  기분이 나쁘거나,
  자존심이 상했거나,
  이기심에 조금이라도 해를 입는다고 생각이
들면, 그 사랑은 금방 사라진다.
  뿌리없는 나무가 된다.
나무처럼 보이려고, 잘 보이려고 했지만,
어느 순간 사라지고 만 것이다.

사랑한다는 것은 우선 내가 먼저가 아니라 그 사람이
  행복하고 잘 클 수 있게, 편안하게 도와주는 것이라고
생각한다. 벌레도 살고 잎사귀도 떨어지는,
  치장하지 않은, 뿌리 깊은 살아있는 나무
    그런게 사랑이다.

When someone says they love you, it's generally because you've made them feel good. That kind of love vanishes as soon as they fall into a bad mood, feel insulted, or selfishly think that they are the target of some kind of personal affront, no matter how small. This "love" is a tree without roots; it tried—it really tried—to look like a tree, but now it's gone. I think that loving someone means putting them first. It means gently helping the other person grow and be happy. Love isn't a plastic tree, it's a living one with deep roots, a tree from which leaves fall and upon which insects crawl.

나의 삶의 목적은 생각보다
별거 아니다.
그냥
웃는 것이다.
하지만, 별거 아닌게 아니다.

The goal of my life is nothing special. It's just to smile. But that's actually pretty special.

내가 알고 있는 예의는
다른 사람이 나에게 이렇게 해주었으면
좋겠다 하는 걸
내가 다른 사람한테 해주는 것이다.

As I understand it, courtesy means doing for other people what I'd like them to do for me.

내가 무언가를 얻으려는 마음을 가지면
그 무언가를 잃어버리기 시작한다.
나를 내세우려는 마음을 가진다면,
나를 잃어버릴게 틀림 없다.

Every time I feel like I need to have something, I start to lose it. I'm sure that if I start to feel like showing off, I'll lose myself.

예쁘고 좋은 것들은
먼저 선택되어지고 쓰여지기 마련이다.
결국 좋은 것들은 빨리 바닥나고 만다.
내가 특별하다고 내세우고 싶어하고
모르는 것을 부끄러워 한다면
특별해 보이는 것같은 나를
먼저 삼켜 버릴지도 모르는 일이다.
이 위험한 일을 어른들은 왜 좋아 할까?

The best and prettiest things are typically picked and used first. That means we run out of these things first. If, embarrassed about not knowing things, I pretend to be special, I might get snatched up first by people who take my lies seriously. Why do grown-ups like doing something that's so dangerous?

내가 걸어 가는 것이 아니라,
내가 살아가는 삶 자체가
나의 길을 걸어 가고 있다.

I'm not the one walking down my path—it is the
life I'm living that is walking.

지금 내가 하고있는 놀이를 보고
어른들은 말한다.
"아이고, 쓸데 없는 짓 많이하네!"하고
지금 내가 하고있는 모든 것들은
쓸데 없다고 생각하지 않는다.
훗날 미래에 어떤 방식으로 나에게
도움이 될지도 모른다고 생각한다.
옛날의 나와 지금의 나와 미래의 나는
연결되어 있으므로...

When grown-ups see the games I play, they tell me a lot of them are useless. But I don't think everything I'm doing right now is useless. I think they might come in handy in some way down the road. My past self, my present self, and my future self are all connected.

어른들은 눈 앞에 있는 행복을 자꾸 미룬다.
지금 당장 행복한 걸 두려워 하는 것
같다.
맛있는 케익을 지금 당장 먹는게
맛도 더 좋고 기분도 좋을텐데도
나중에 먹기위해 그 행복을
뒤로 미루고 저장해 둔다.

Grown-ups always put off the happiness that's right in front of them. They seem to be afraid of being happy in the present. If they ate their cake right now, it would taste better and put them in a good mood. But they always put the cake aside for later and delay their happiness too.

우리는 가장 가까이에 있는 사람들에게 쉽게
화를 내기도 하고 마구 짜증을 내기도 한다.
  그러고는 다른 사람보다 쉽게 생각하거나
사랑하지 않아서가 아니라고 말한다
       하지만 난 알게 되었다.
     나와 가장 가까이에 있는
   사람들을 편하다는 이유로
  쉽게 화를 내기도 하고 쉽게 대한다면,
   처음 마음이 그렇지 않다해도,
    쉽게 대하고 함부로 하는 나의 행동이
   결국 나의 마음까지도 바꿀 수 있을 것이다.

We take out our anger and irritation on the people we're closest to because we feel comfortable with them. Afterward, we tell them that we didn't do so because we feel contempt for them or don't love them. But I've learned that if I'm careless with the people I'm close to because I feel comfortable with them, those careless actions will eventually change my feelings for them, regardless of how I originally felt.

배운다는 것은 순서도 없고,
정해진 규칙도 없다.
나를 변화시키는 순간, 그때가
무언가 배우는 순간이다.

There's no sequence to learning, nor are there any set rules. A moment that changes me is a moment in which I've learned something.

하늘은 참으로 다양한 색깔로
우리에게 보여진다.
　꼭 내 안에 감정들을 표현하듯...
우리의 마음과 닮았다.
　그래서 하늘을 바라보면
숨겨둔 내 마음을 열어놓은 것처럼
　시원한가 보다.

The sky shows itself to us in a truly wide array of colors. It reminds me of the numerous emotions inside me. I guess that's why looking up at the sky feels as liberating as releasing the feelings I've kept hidden inside.

내 마음대로 되는 일은 당연히
되는 것처럼 내버려두고,
행복하다 말하지 않지만,
안 되는건 안 된다고 불평한다.
그래서 난 반대로 생각한다.
안 되는 일은 잠시 내버려두고
되는 일을 된다고 행복해 하는거다
행복은 이렇게 내가 생각을 조금만
바꾸어도 커지는 것 같다.

When things go our way, we tend to take it for granted instead of being happy about it, and when things don't go our way, we tend to complain. I think we should do things the opposite way. When things go our way, we should be happy, and when things don't go our way, we should put them out of our mind for a while. I think that changing our mindset like this can help our happiness grow.

우태랑 싸웠다.
화가 나는 것이 아니라 마음이 아프다.
우리 둘다 마음이 아프다.
그래서
친구인 거겠지...

I got in a fight with my brother, Woo-tae. But rather than being mad, I feel hurt. We both feel hurt. I guess that's why we're friends.

뉴턴의 관성의 법칙처럼
우리의 기쁨은 누군가의
방해를 받지 않는다면
오늘 아침의 기쁨이 계속간다.

Just like Newton's first law of motion, our joy, set in motion from the moment we wake, remains in motion until interrupted by someone.

나는 모든 일이 잘 될거라고 믿는다
이런 믿음은 늘 나를 지켜준다.
언제나 나에게 힘든 시간이 찾아올때면,
그때마다 나의 힘이 되어준다.

I believe that everything will turn out OK.

This belief protects me and gives me strength whenever I have a hard time.

무언가를 욕심내고 많이 싣다 보면
나의 배는 휘청거린다.
그리고 두려움과 함께 가야한다.
가지려는 욕심을 버리면
두려움도 사라질 것이라는 것을
난 내 방을 정리하면서 알았다.
비어있을때 내가 더 차오른다는
사실을...

If I greedily load my boat with stuff, the boat will start to rock and fear will become my companion. But if I get rid of that greed, the fear will disappear. I learned this while organizing my room. My boat rides higher in the water when it's empty.

나와 우태가 한 가지 사물을
바라보면서도,
보는 것은 완전히 다를 수 있다는것을
알았다.
서로 다르게 바라보지만, 같이 갈 수
있는 건 서로의 다른생각도 받아들이고
응원할 수 있어서 이다.
누구의 생각도 맞는 건 없다.
그저 우리의 생각은 존중받아야 한다고
생각한다.

I learned that Woo-tae and I can see the same thing in completely different ways. But despite seeing things differently, we can spend time together because we support each other and accept that we have different ideas. I think that no one's ideas are correct, but that they all should be respected.

아픔을 가진 사람들은
꼭 낫기를 바라며 의사에게
희망을 가지고 찾아온다.
희망찬 말을 듣고 싶을 것이다.
나을 수 있다고!

사람을 낫게하는 의사는
아픈 사람의 마음부터 치료할 수 있어야한다고
생각한다.

Sick people go to the doctor with the hope that they'll get better. They want to hear encouraging words; they want to hear that they can recover. I think a doctor needs to treat sick people's hearts before treating their bodies.

1년만 다시 과거로 돌아 간다면
잘 할 수 있었을텐데... 라고
말하는 어른들이 있다.
내가 보기엔 바로 지금부터 하면 된다고
생각한다.
지금 할 수 없다면, 1년 뒤에도 못할거라
생각한다.
바로 지금, 오늘이 우리에겐 가장 빠른 시간이다.

Some grown-ups say they could have done better if they had a chance to redo the past year. But as I see it, they have a chance to start doing better right now. If they can't do it now, I don't think they'd be able to a year from now, either. This very moment is the soonest time we have.

내가 세상에 맞추느냐
세상이 내게 맞추느냐
  나는 나다
  나는 하나의 우주다.
세상도 하나인
  나의 우주를 인정해준다
  그러므로 난
둘다 맞추어가며 조화를 찾아간다.

Should I adapt to the world or should the world adapt to me? I myself am a universe, and the world recognizes the universe of me. Therefore, I should adapt to it and it to me, mutually seeking harmony.

매일 매일 스쳐 지나가는
작은 인연들은 참 아름답다.
택배 아저씨도, 잠깐 들론 CU에도,
산책길에 인사를 건네며 지나가던 아주머니도,
나의 하루의 이런 작은 인연들이
빠져 있다면, 얼마나 무료할까.

The small connections I make with other people every day are truly beautiful. A package brought by a delivery person, a visit to a convenience store, a greeting exchanged with a woman out for a walk—if those small connections weren't part of my day, how tedious it would be!

정작 나 자신은 이기지 못하면서
사소한 일에 이기려는 나는
참 작아보인다.

I feel so small when I see myself trying to gain mastery of trivial things when I can't even master myself.

하루동안 아무 말도 하지 않는 경험을 했다.
말을 하고싶어도 참아 내고 나니,
그 말은 가슴 속에서 여물어감을 느낀다.
지금까지 생각이 난다고 불쑥 꺼내 버리기 일쑤였던
나의 말 들은 아무 의미 없이 여물지 못하고,
가벼히 사라지고 만 것이다.
말의 무게가 무엇인지 조금은 알 것 같다.

I spent a whole day without saying a single word. When I held back the words I wanted to say, they ripened inside my head. Prior to that, I'd often blurted out whatever came to mind, and those words soon vanished meaninglessly, without a chance to ripen. I think I've learned a little about the weight of words.

내가 잘 산다고
나만 잘 살면 되지라는 생각은
싫은 것 같아.
함께 잘 사는게 좋잖아.
함께 행복한게 좋잖아....

I don't really like the idea that it doesn't matter what happens to other people as long as oneself is doing fine. Isn't it nice to get along with other people? Isn't it nice to be happy together?

Jeon Isoo

A painter and writer.

A total of 15 books have been published so far, and he is an environmental activist, a writer and painter, who works with the aim of sharing his writings and paintings to more people and having a good influence on society. In 2019, he opened a gallery called "Wolves on Walking" on Jeju Island and is focusing his efforts on preserving his precious values by helping the Jeju Single Mother Center and African friends. The place continues to have permanent exhibitions on different themes every year, and it has become an important medium to change the world a little warmly. Many people care and love his work, and they have come to visit a small gallery in Jeju to see his work in person. The writings and paintings of Jeon-soo are comforting and touching to many people, making them think about the value of life and reflect on important moments.

전이수

화가이자 작가

 지금까지 총 15권의 책을 출판하였으며, 자신의 글과 그림
들이 더 많은 사람들에게 공유되고 사회에 선한 영향력을 미
치는 것을 목표로 작품활동을 하고 있는 작가이자,화가인 환
경운동가이다. 2019년 제주도에 <걸어가는늑대들>이라는
갤러리를 열어 제주미혼모센터와 아프리카 친구들을 돕는
등 소중한 가치들을 지켜나가는 일에 힘을 쏟고 있다. 이곳
은 매년 다른 주제로 상설 전시를 이어가고 있으며, 세상을
조금이나마 따뜻하게 변화시키는 중요한 매개체가 되고 있
다. 많은 분들이 그의 작품을 아끼고 사랑하며, 직접 작품을
보기 위해 제주에 있는 작은 갤러리를 찾아오고 있다.
전이수 작가의 글과 그림은 삶의 가치를 고민하게 하고 중요
한 순간을 되짚어보게 하는 등 많은 이에게 위로와 감동을
주고 있다.